LYLY BAY
@LYLYBLABLA

mon CARNET DE LECTURE romance

MARABOUT

Préambule

J'ai d'abord été lectrice de romance.
Puis, autrice de romance.

Aujourd'hui, je suis ravie de porter ce nouveau projet : un carnet de lecture 100% romance. Dans les moindres détails, il a été pensé pour celles et ceux qui aiment les belles histoires d'amour. Fiches de lecture, wishlist, PAL, sous-genres et tropes... tout y est !

Ce carnet est un beau moyen de garder une trace des bons moments passés entre les pages. Il sera, je l'espère, le compagnon idéal de vos voyages littéraires. Je suis heureuse de pouvoir vous accompagner dans cette belle aventure, pleine d'amour et de douceur.

Love, always

Lyly

Starter PACK

- [ ] Un plaid moelleux

- [ ] Un coussin confortable
- [ ] Un thé bien chaud
- [ ] Des petits chocolats
- [ ] Des post-its colorés assortis à la couverture du livre
- [ ] Des jolis surligneurs
- [ ] Un crayon à papier
- [ ] Une playlist douce
- [ ] Une lampe de lecture
- [ ] Mon carnet de lecture

Ce *carnet* appartient à :

Prénom : ....

Date de naissance : ....

Je commence ce carnet le ....

J'aime lire...

- ☐ de la romance contemporaine
- ☐ de la romance historique
- ☐ de la dark romance
- ☐ de la romance de Noël
- ☐ de la romantasy
- ☐ de la romance paranormale
- ☐ autre : ....

Je lis au format...

- ☐ papier
- ☐ numérique

Les trois livres que j'emporterais avec moi sur une île déserte : ....

....

....

Ma mauvaise habitude de lecteur·rice : ....

....

....

La moyenne du nombre de livres que je lis en une année (ce n'est pas une compétition) **:**

....

MA PILE *à lire*

Écris les titres de ta pile à lire et colorie-les quand tu les as lus.

MES *sous-genres* PRÉFÉRÉS

Renseigne tes sous-genres favoris et les livres qui t'ont marqué dans chacun.

Love Story

MA *wishlist*

- [ ] ……
- [ ] ……
- [ ] ……
- [ ] ……
- [ ] ……
- [ ] ……
- [ ] ……
- [ ] ……
- [ ] ……
- [ ] ……
- [ ] ……
- [ ] ……
- [ ] ……
- [ ] ……

Girls
dinner

Romance
Reader

MES LIVRES *prêtés*

Titre : ....
....
....
....
Prêté à : ....
....
Le ...... / ...... / .....

Titre : ....
....
....
....
Prêté à : ....
....
Le ...... / ...... / .....

Titre : ....
....
....
....
Prêté à : ....
....
Le ...... / ...... / .....

Titre : ....
....
....
....
Prêté à : ....
....
Le ...... / ...... / .....

Titre : ....
....
....
....
Prêté à : ....
....
Le ...... / ...... / .....

Titre : ....
....
....
....
Prêté à : ....
....
Le ...... / ...... / .....

Titre : ....
....
....
....
Prêté à : ....
....
Le .... / .... / .....

Titre : ....
....
....
....
Prêté à : ....
....
Le ..... / ..... / .....

Titre : ....
....
....
....
Prêté à : ....
....
Le .... / .... / .....

Titre : ....
....
....
....
Prêté à : ....
....
Le .... / .... / .....

Titre : ....
....
....
....
Prêté à : ....
....
Le .... / .... / .....

Titre : ....
....
....
....
Prêté à : ....
....
Le ..... / ..... / .....

Titre : ....
....
....
....
Prêté à : ....
....
Le ..... / ..... / .....

Titre : ....
....
....
....
Prêté à : ....
....
Le .... / .... / .....

Titre : ....
....
....
....
Prêté à : ....
....
Le .... / .... / .....

LES LIVRES *empruntés*

Titre : ....
....
....
....
Emprunté à : ....
....
Le ..... / ..... / .....

Titre : ....
....
....
....
Emprunté à : ....
....
Le ..... / ..... / .....

Titre : ....
....
....
....
Emprunté à : ....
....
Le ..... / ..... / .....

Titre : ....
....
....
....
Emprunté à : ....
....
Le ..... / ..... / .....

Titre : ....
....
....
....
Emprunté à : ....
....
Le ..... / ..... / .....

Titre : ....
....
....
....
Emprunté à : ....
....
Le ..... / ..... / .....

Titre : ....

....

....

....

Emprunté à : ....

....

Le .... / .... / .....

Titre : ....

....

....

....

Emprunté à : ....

....

Le ..... / ..... / .....

Titre : ....

....

....

....

Emprunté à : ....

....

Le .... / .... / .....

Titre : ....

....

....

....

Emprunté à : ....

....

Le ..... / ..... / .....

Titre : ....

....

....

....

Emprunté à : ....

....

Le .... / .... / .....

Titre : ....

....

....

....

Emprunté à : ....

....

Le .... / .... / .....

Titre : ....

....

....

....

Emprunté à : ....

....

Le .... / .... / .....

Titre : ....

....

....

....

Emprunté à : ....

....

Le .... / .... / .....

Titre : ....

....

....

....

Emprunté à : ....

....

Le ..... / ..... / .....

Livres

À OFFRIR

Titre : ....
....
....
....
À : ....
....
....

Titre : ....
....
....
....
À : ....
....
....

Titre : ....
....
....
....
À : ....
....

Titre : ....
....
....
....
À : ....
....
....

Titre : ....
....
....
....
À : ....
....

Titre : ....
....
....
....
À : ....
....
....

Titre : ....

À : ....

Titre : ....

À : ....

Titre : ....

À : ....

Titre : ....

À : ....

Titre : ....

À : ....

Titre : ....

À : ....

Titre : ....

À : ....

Titre : ....

À : ....

Titre : ....

À : ....

Livres
À OFFRIR

Titre : ....

....

....

....

À : ....

....

....

Titre : ....

....

....

....

À : ....

....

....

Titre : ....

....

....

....

À : ....

....

....

Titre : ....

....

....

....

À : ....

....

Titre : ....

....

....

....

À : ....

....

....

Titre : ....

....

....

....

À : ....

....

Titre : ....

....

....

....

À : ....

....

....

MON *budget* LECTURE

	Livres	Accessoires de lecture	TOTAL
Janvier			
Février			
Mars			
Avril			
Mai			
Juin			
Juillet			
Août			
Septembre			
Octobre			
Novembre			
Décembre			
TOTAL			

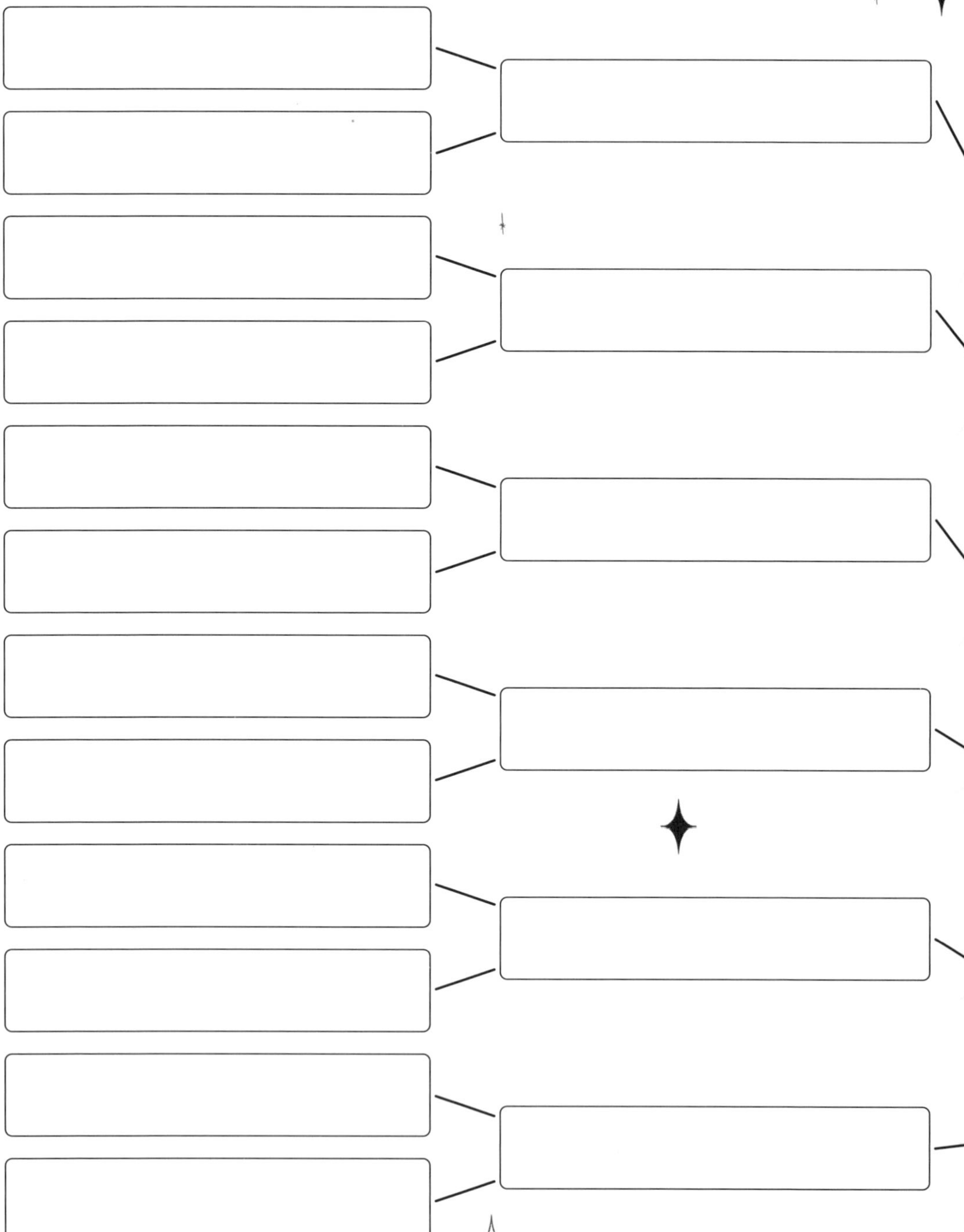

Main character

DE MON CŒUR

MES *challenges* PERSO

- [ ] Terminer une série
- [ ] Lire...
- [ ]
- [ ]
- [ ]
- [ ]
- [ ]
- [ ]
- [ ]
- [ ]
- [ ]
- [ ]
- [ ]
- [ ]

- [ ] ....
- [ ] ....
- [ ] ....
- [ ] ....
- [ ] ....
- [ ] ....
- [ ] ....
- [ ] ....
- [ ] ....
- [ ] ....
- [ ] ....
- [ ] ....
- [ ] ....
- [ ] ....
- [ ] ....
- [ ] ....
- [ ] ....
- [ ] ....

My love

TRACKERS *mensuels*

JANVIER

FÉVRIER

MARS

AVRIL

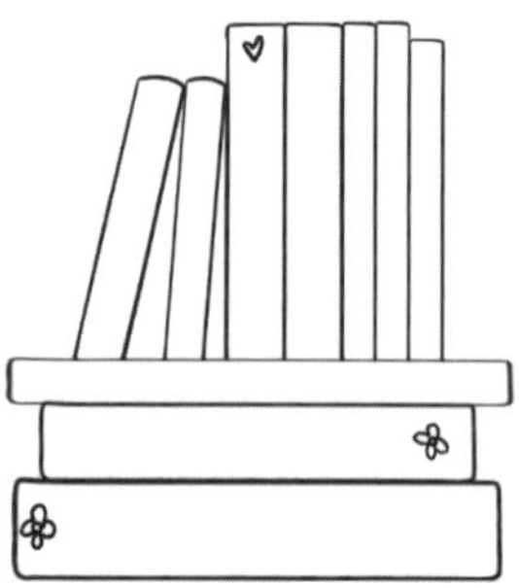

MAI

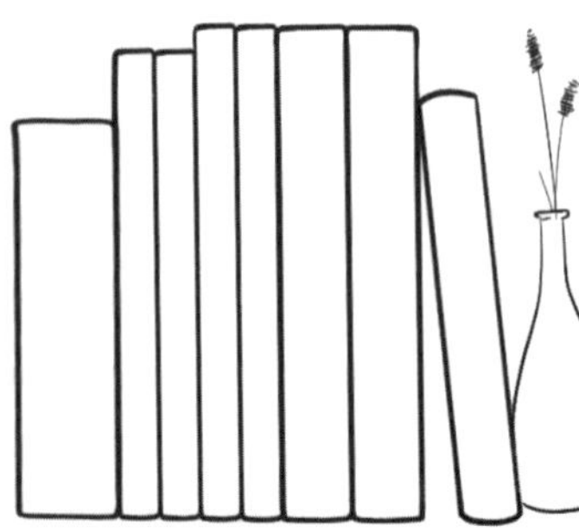

JUIN

Colorie le nombre de livres lus chaque mois.
N'hésite pas à en dessiner s'il n'y en a pas assez.

JUILLET

AOÛT

SEPTEMBRE

OCTOBRE

NOVEMBRE

DÉCEMBRE

TRACKERS DE LECTURE *quotidienne*

Chaque jour de chaque mois, indique ton temps de lecture.

Pas de lecture

0 – 30 min

+ de 30 min

	J	F	M	A	M	J	J	A	S	O	N	D
1												
2												
3												
4												
5												
6												
7												
8												
9												
10												
11												
12												
13												
14												
15												
16												
17												
18												
19												
20												
21												
22												
23												
24												
25												
26												
27												
28												
29												
30												
31												

NOMBRE DE *livres* LUS

JANVIER

FÉVRIER

MARS

AVRIL

MAI

JUIN

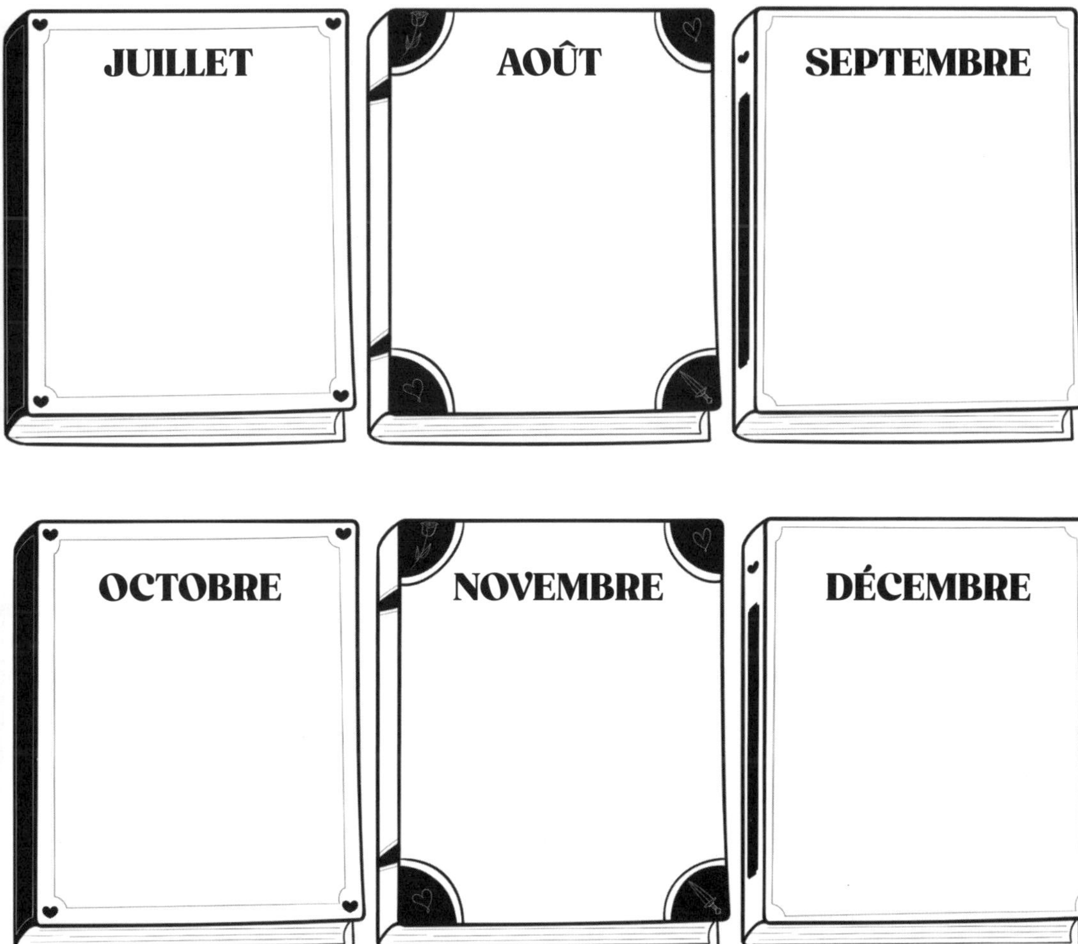
JUILLET
AOÛT
SEPTEMBRE
OCTOBRE
NOVEMBRE
DÉCEMBRE

NOMBRE DE *pages* LUES

	100	200	300	400	500	600	700	800	900	1000	1 100	1 200	1 300	1 400
Janvier														
Février														
Mars														
Avril														
Mai														
Juin														
Juillet														
Août														
Septembre														
Octobre														
Novembre														
Décembre														

Colorie le nombre de pages lues par mois.

1 400 1 500 1 600 1 700 1 800 1 900 2 000 2 100 2 200 2 300 2 400 2 500 2 600 2 700 2 800 2 900 3 000

MES *couples* FAVORIS

\+ ....

dans

....

....

....

\+ ....

dans

....

....

....

\+ ....

dans

....

....

+ ....

dans

....

+ ....

dans

....

+ ....

dans

....

+ ....

dans

....

MES *séries* DE LIVRES

Nom de la série	Nombre de livres lus

Nom de la série	Nombre de livres lus

MES COUPS DE *cœur*

JANVIER

FÉVRIER

MARS

AVRIL

....

....

....

....

....

....

MAI

....

....

....

....

....

....

JUIN

....

....

....

....

....

....

JUILLET

SEPTEMBRE

AOÛT

OCTOBRE

NOVEMBRE

DÉCEMBRE

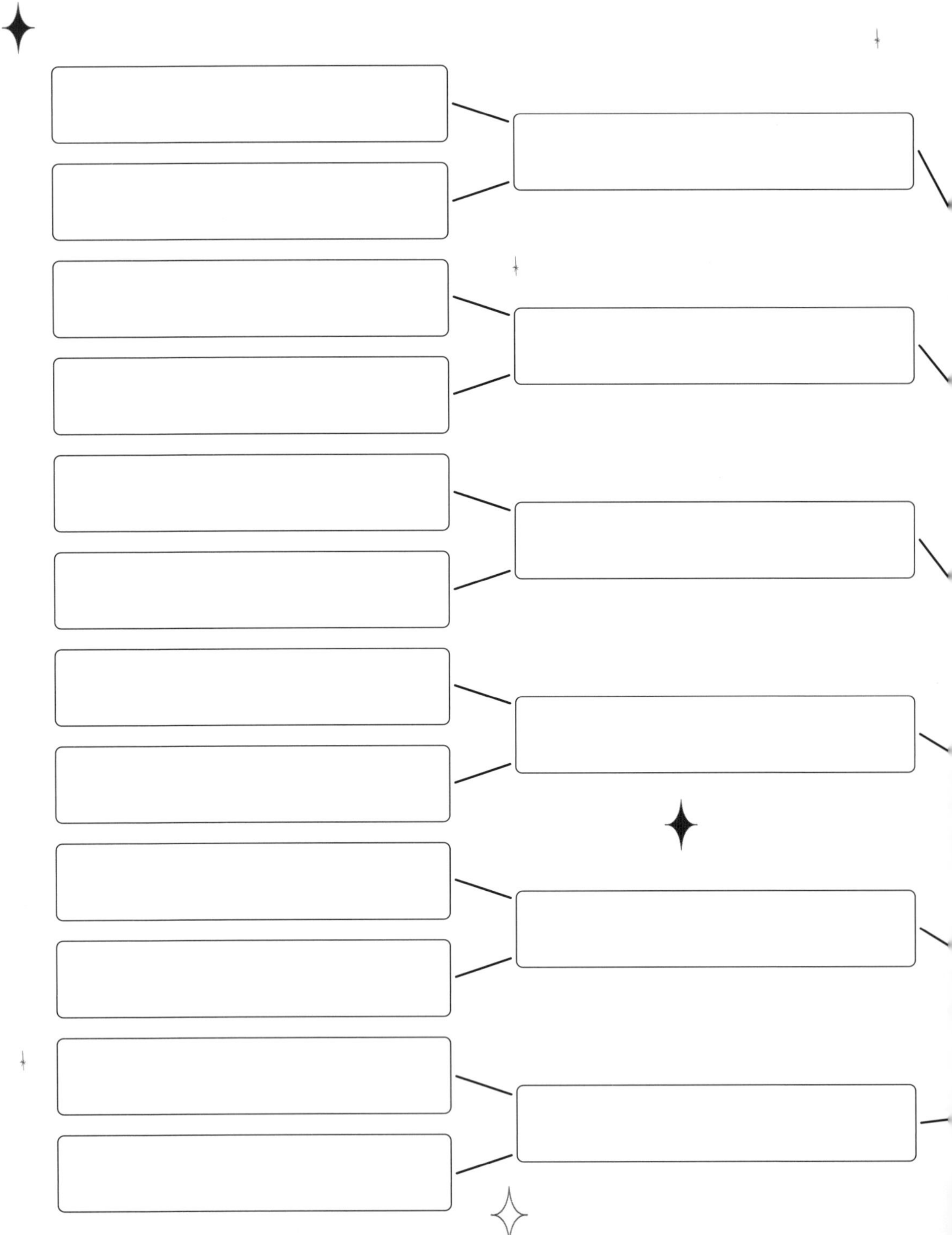

MON *livre* DE L'ANNÉE

Salons
DU LIVRE

Salon : ....

....

Date : ....

Mes achats : ....

....

....

Mes dédicaces : ....

....

....

Salon : ....

....

Date : ....

Mes achats : ....

....

....

Mes dédicaces : ....

....

....

Salon : ....

....

Date : ....

Mes achats : ....

....

....

Mes dédicaces : ....

....

....

Salon : ....

....

Date : ....

Mes achats : ....

....

....

Mes dédicaces : ....

....

....

Salon : ....

....

Date : ....

Mes achats : ....

....

....

Mes dédicaces : ....

....

....

Salon : ....

....

Date : ....

Mes achats : ....

....

....

Mes dédicaces : ....

....

....

Salon : ....

....

Date : ....

Mes achats : ....

....

....

Mes dédicaces : ....

....

....

Salon : ....

....

Date : ....

Mes achats : ....

....

....

Mes dédicaces : ....

....

....

J'ai
LU

Titre :

Auteur·ice :

Maison d'édition :

Nombre de pages :

Genre :

Mots clés :

Dates de lecture :

Avis :

Les tropes :

Personnage préféré :

Spicy level :

Titre :

Auteur·ice :

Maison d'édition :

Nombre de pages :

Genre :

Mots clés :

Dates de lecture :

Avis :

Les tropes :

Personnage préféré :

Spicy level :

Titre :

Auteur·ice :

Maison d'édition :

Nombre de pages :

Genre :

Mots clés :

Dates de lecture :

Avis :

Les tropes :

Personnage préféré :

Spicy level :

Titre :

Auteur·ice :

Maison d'édition :

Nombre de pages :

Genre :

Mots clés :

Dates de lecture :

Avis :

Les tropes :

Personnage préféré :

Spicy level :

Titre :

Auteur·ice :

Maison d'édition :

Nombre de pages :

Genre :

Mots clés :

Dates de lecture :

Avis :

Les tropes :

Personnage préféré :

Spicy level :

Titre :

Auteur·ice :

Maison d'édition :

Nombre de pages :

Genre :

Mots clés :

Dates de lecture :

Avis :

Les tropes :

Personnage préféré :

Spicy level :

Titre :

Auteur·ice :

Maison d'édition :

Nombre de pages :

Genre :

Mots clés :

Dates de lecture :

Avis :

Les tropes :

Personnage préféré :

Spicy level :

Titre :

Auteur·ice :

Maison d'édition :

Nombre de pages :

Genre :

Mots clés :

Dates de lecture :

Avis :

Les tropes :

Personnage préféré :

Spicy level :

Titre :

Auteur·ice :

Maison d'édition :

Nombre de pages :

Genre :

Mots clés :

Dates de lecture :

Avis :

Les tropes :

Personnage préféré :

Spicy level :

Titre : ....

....

Auteur·ice : ....

....

Maison d'édition : ....

....

Nombre de pages : ....

Genre : ....

Mots clés : ....

....

Dates de lecture : ....

Avis : ....

....

....

....

....

....

....

....

Les tropes : ....

....

....

Personnage préféré : ....

....

Spicy level :

Titre :

Auteur·ice :

Maison d'édition :

Nombre de pages :

Genre :

Mots clés :

Dates de lecture :

Avis :

Les tropes :

Personnage préféré :

Spicy level :

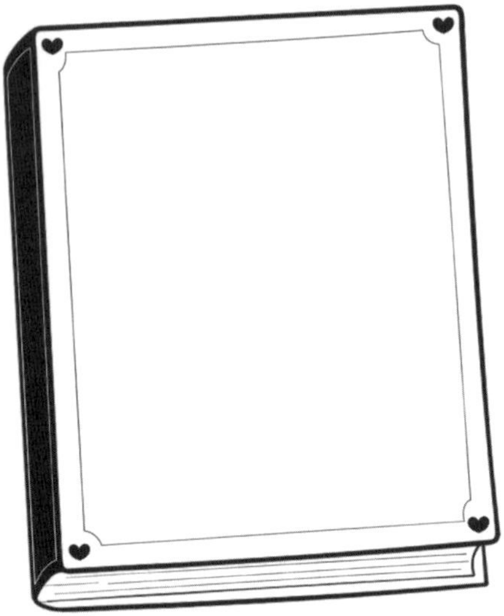

Titre :

Auteur·ice :

Maison d'édition :

Nombre de pages :

Genre :

Mots clés :

Dates de lecture :

Avis :

Les tropes :

Personnage préféré :

Spicy level :

Titre :

Auteur·ice :

Maison d'édition :

Nombre de pages :

Genre :

Mots clés :

Dates de lecture :

Avis :

Les tropes :

Personnage préféré :

Spicy level :

Titre :

Auteur·ice :

Maison d'édition :

Nombre de pages :

Genre :

Mots clés :

Dates de lecture :

Avis :

Les tropes :

Personnage préféré :

Spicy level :

Titre :

Auteur·ice :

Maison d'édition :

Nombre de pages :

Genre :

Mots clés :

Dates de lecture :

Avis :

Les tropes :

Personnage préféré :

Spicy level :

Titre : ....

....

Auteur·ice : ....

....

Maison d'édition : ....

....

Nombre de pages : ....

Genre : ....

Mots clés : ....

....

Dates de lecture : ....

Avis : ....

....

....

....

....

....

....

....

Les tropes : ....

....

....

Personnage préféré : ....

....

Spicy level :

Titre :

Auteur·ice :

Maison d'édition :

Nombre de pages :

Genre :

Mots clés :

Dates de lecture :

Avis :

Les tropes :

Personnage préféré :

Spicy level :

Titre : ....

....

Auteur·ice : ....

....

Maison d'édition : ....

....

Nombre de pages : ....

Genre : ....

Mots clés : ....

....

Dates de lecture : ....

Avis : ....

....

....

....

....

....

....

....

Les tropes : ....

....

....

Personnage préféré : ....

....

Spicy level : 

Titre :

Auteur·ice :

Maison d'édition :

Nombre de pages :

Genre :

Mots clés :

Dates de lecture :

Avis :

Les tropes :

Personnage préféré :

Spicy level :

Titre :

Auteur·ice :

Maison d'édition :

Nombre de pages :

Genre :

Mots clés :

Dates de lecture :

Avis :

Les tropes :

Personnage préféré :

Spicy level :

Titre :

Auteur·ice :

Maison d'édition :

Nombre de pages :

Genre :

Mots clés :

Dates de lecture :

Avis :

Les tropes :

Personnage préféré :

Spicy level :

Titre : ....

....

Auteur·ice : ....

....

Maison d'édition : ....

....

Nombre de pages : ....

Genre : ....

Mots clés : ....

....

Dates de lecture : ....

Avis : ....

....

....

....

....

....

....

....

Les tropes : ....

....

....

Personnage préféré : ....

....

Spicy level :

Titre :

Auteur·ice :

Maison d'édition :

Nombre de pages :

Genre :

Mots clés :

Dates de lecture :

Avis :

Les tropes :

Personnage préféré :

Spicy level :

Titre :

Auteur·ice :

Maison d'édition :

Nombre de pages :

Genre :

Mots clés :

Dates de lecture :

Avis :

Les tropes :

Personnage préféré :

Spicy level :

Titre :

Auteur·ice :

Maison d'édition :

Nombre de pages :

Genre :

Mots clés :

Dates de lecture :

Avis :

Les tropes :

Personnage préféré :

Spicy level :

Titre : ……………………………………………

……………………………………………

Auteur·ice : ……………………………………………

……………………………………………

Maison d'édition : ……………………………………………

……………………………………………

Nombre de pages : ……………………………………………

Genre : ……………………………………………

Mots clés : ……………………………………………

……………………………………………

Dates de lecture : ……………………………………………

Avis : ……………………………………………

……………………………………………

……………………………………………

……………………………………………

……………………………………………

……………………………………………

……………………………………………

……………………………………………

Les tropes : ……………………………………………

……………………………………………

……………………………………………

Personnage préféré : ……………………………………………

……………………………………………

Spicy level :

Titre :

Auteur·ice :

Maison d'édition :

Nombre de pages :

Genre :

Mots clés :

Dates de lecture :

Avis :

Les tropes :

Personnage préféré :

Spicy level :

Titre :

Auteur·ice :

Maison d'édition :

Nombre de pages :

Genre :

Mots clés :

Dates de lecture :

Avis :

Les tropes :

Personnage préféré :

Spicy level :

Titre :

Auteur·ice :

Maison d'édition :

Nombre de pages :

Genre :

Mots clés :

Dates de lecture :

Avis :

Les tropes :

Personnage préféré :

Spicy level :

Titre :

Auteur·ice :

Maison d'édition :

Nombre de pages :

Genre :

Mots clés :

Dates de lecture :

Avis :

Les tropes :

Personnage préféré :

Spicy level :

Titre :

Auteur·ice :

Maison d'édition :

Nombre de pages :

Genre :

Mots clés :

Dates de lecture :

Avis :

Les tropes :

Personnage préféré :

Spicy level :

Titre :

Auteur·ice :

Maison d'édition :

Nombre de pages :

Genre :

Mots clés :

Dates de lecture :

Avis :

Les tropes :

Personnage préféré :

Spicy level :

Titre :

Auteur·ice :

Maison d'édition :

Nombre de pages :

Genre :

Mots clés :

Dates de lecture :

Avis :

Les tropes :

Personnage préféré :

Spicy level :

Titre :

Auteur·ice :

Maison d'édition :

Nombre de pages :

Genre :

Mots clés :

Dates de lecture :

Avis :

Les tropes :

Personnage préféré :

Spicy level :

Titre :

Auteur·ice :

Maison d'édition :

Nombre de pages :

Genre :

Mots clés :

Dates de lecture :

Avis :

Les tropes :

Personnage préféré :

Spicy level :

Titre : ....

....

Auteur·ice : ....

....

Maison d'édition : ....

....

Nombre de pages : ....

Genre : ....

Mots clés : ....

....

Dates de lecture : ....

Avis : ....

....

....

....

....

....

....

....

Les tropes : ....

....

....

Personnage préféré : ....

....

Spicy level :

Titre :

Auteur·ice :

Maison d'édition :

Nombre de pages :

Genre :

Mots clés :

Dates de lecture :

Avis :

Les tropes :

Personnage préféré :

Spicy level :

Titre :

Auteur·ice :

Maison d'édition :

Nombre de pages :

Genre :

Mots clés :

Dates de lecture :

Avis :

Les tropes :

Personnage préféré :

Spicy level :

Titre :

Auteur·ice :

Maison d'édition :

Nombre de pages :

Genre :

Mots clés :

Dates de lecture :

Avis :

Les tropes :

Personnage préféré :

Spicy level :

Titre :

Auteur·ice :

Maison d'édition :

Nombre de pages :

Genre :

Mots clés :

Dates de lecture :

Avis :

Les tropes :

Personnage préféré :

Spicy level :

Titre : ……………………………………

……………………………………

Auteur·ice : ……………………………………

……………………………………

Maison d'édition : ……………………………………

……………………………………

Nombre de pages : ……………………………………

Genre : ……………………………………

Mots clés : ……………………………………

……………………………………

Dates de lecture : ……………………………………

Avis : ……………………………………

……………………………………

……………………………………

……………………………………

……………………………………

……………………………………

……………………………………

……………………………………

Les tropes : ……………………………………

……………………………………

……………………………………

Personnage préféré : ……………………………………

……………………………………

Spicy level :

Titre :

Auteur·ice :

Maison d'édition :

Nombre de pages :

Genre :

Mots clés :

Dates de lecture :

Avis :

Les tropes :

Personnage préféré :

Spicy level :

Titre :

Auteur·ice :

Maison d'édition :

Nombre de pages :

Genre :

Mots clés :

Dates de lecture :

Avis :

Les tropes :

Personnage préféré :

Spicy level :

Titre : ....

....

Auteur·ice : ....

....

Maison d'édition : ....

....

Nombre de pages : ....

Genre : ....

Mots clés : ....

....

Dates de lecture : ....

Avis : ....

....

....

....

....

....

....

....

Les tropes : ....

....

....

Personnage préféré : ....

....

Spicy level :

Titre : ....

....

Auteur·ice : ....

....

Maison d'édition : ....

....

Nombre de pages : ....

Genre : ....

Mots clés : ....

....

Dates de lecture : ....

Avis : ....

....

....

....

....

....

....

....

Les tropes : ....

....

....

Personnage préféré : ....

....

Spicy level :

Titre :

Auteur·ice :

Maison d'édition :

Nombre de pages :

Genre :

Mots clés :

Dates de lecture :

Avis :

Les tropes :

Personnage préféré :

Spicy level :

Titre :

Auteur·ice :

Maison d'édition :

Nombre de pages :

Genre :

Mots clés :

Dates de lecture :

Avis :

Les tropes :

Personnage préféré :

Spicy level :

Titre : ……………………………………………………………

……………………………………………………………………

Auteur·ice : ……………………………………………………

……………………………………………………………………

Maison d'édition : ……………………………………………

……………………………………………………………………

Nombre de pages : ……………………………………………

Genre : ……………………………………………………………

Mots clés : ………………………………………………………

……………………………………………………………………

Dates de lecture : ………………………………………………………………………………

Avis : ……………………………………………………………………………………………

……………………………………………………………………………………………………

……………………………………………………………………………………………………

……………………………………………………………………………………………………

……………………………………………………………………………………………………

……………………………………………………………………………………………………

……………………………………………………………………………………………………

……………………………………………………………………………………………………

Les tropes : ……………………………………………………………………………………

……………………………………………………………………………………………………

……………………………………………………………………………………………………

Personnage préféré : …………………………………………………………………………

……………………………………………………………………………………………………

Spicy level :

Titre :

Auteur·ice :

Maison d'édition :

Nombre de pages :

Genre :

Mots clés :

Dates de lecture :

Avis :

Les tropes :

Personnage préféré :

Spicy level :

Titre : ....

....

Auteur·ice : ....

....

Maison d'édition : ....

....

Nombre de pages : ....

Genre : ....

Mots clés : ....

....

Dates de lecture : ....

Avis : ....

....

....

....

....

....

....

....

Les tropes : ....

....

....

Personnage préféré : ....

....

Spicy level :

Titre :

Auteur·ice :

Maison d'édition :

Nombre de pages :

Genre :

Mots clés :

Dates de lecture :

Avis :

Les tropes :

Personnage préféré :

Spicy level :

Titre : ……………………………………

……………………………………

Auteur·ice : ……………………………………

……………………………………

Maison d'édition : ……………………………………

……………………………………

Nombre de pages : ……………………………………

Genre : ……………………………………

Mots clés : ……………………………………

……………………………………

Dates de lecture : ……………………………………

Avis : ……………………………………

……………………………………

……………………………………

……………………………………

……………………………………

……………………………………

……………………………………

……………………………………

Les tropes : ……………………………………

……………………………………

……………………………………

Personnage préféré : ……………………………………

……………………………………

Spicy level :

Titre :

Auteur·ice :

Maison d'édition :

Nombre de pages :

Genre :

Mots clés :

Dates de lecture :

Avis :

Les tropes :

Personnage préféré :

Spicy level :

Titre :

Auteur·ice :

Maison d'édition :

Nombre de pages :

Genre :

Mots clés :

Dates de lecture :

Avis :

Les tropes :

Personnage préféré :

Spicy level :

Titre : ....

....

Auteur·ice : ....

....

Maison d'édition : ....

....

Nombre de pages : ....

Genre : ....

Mots clés : ....

....

Dates de lecture : ....

Avis : ....

....

....

....

....

....

....

....

Les tropes : ....

....

....

Personnage préféré : ....

....

Spicy level :

Titre :

Auteur·ice :

Maison d'édition :

Nombre de pages :

Genre :

Mots clés :

Dates de lecture :

Avis :

Les tropes :

Personnage préféré :

Spicy level :

Titre :

Auteur·ice :

Maison d'édition :

Nombre de pages :

Genre :

Mots clés :

Dates de lecture :

Avis :

Les tropes :

Personnage préféré :

Spicy level :

Titre : ....

Auteur·ice : ....

Maison d'édition : ....

Nombre de pages : ....

Genre : ....

Mots clés : ....

Dates de lecture : ....

Avis : ....

Les tropes : ....

Personnage préféré : ....

Spicy level :

Titre :

Auteur·ice :

Maison d'édition :

Nombre de pages :

Genre :

Mots clés :

Dates de lecture :

Avis :

Les tropes :

Personnage préféré :

Spicy level :

Titre : ....

....

Auteur·ice : ....

....

Maison d'édition : ....

....

Nombre de pages : ....

Genre : ....

Mots clés : ....

....

Dates de lecture : ....

Avis : ....

....

....

....

....

....

....

....

Les tropes : ....

....

....

Personnage préféré : ....

....

Spicy level :

Titre :

Auteur·ice :

Maison d'édition :

Nombre de pages :

Genre :

Mots clés :

Dates de lecture :

Avis :

Les tropes :

Personnage préféré :

Spicy level :

Titre : ....

....

Auteur·ice : ....

....

Maison d'édition : ....

....

Nombre de pages : ....

Genre : ....

Mots clés : ....

....

Dates de lecture : ....

Avis : ....

....

....

....

....

....

....

....

Les tropes : ....

....

....

Personnage préféré : ....

....

Spicy level :

Titre :

Auteur·ice :

Maison d'édition :

Nombre de pages :

Genre :

Mots clés :

Dates de lecture :

Avis :

Les tropes :

Personnage préféré :

Spicy level :

Titre :

Auteur·ice :

Maison d'édition :

Nombre de pages :

Genre :

Mots clés :

Dates de lecture :

Avis :

Les tropes :

Personnage préféré :

Spicy level : 

Titre :

Auteur·ice :

Maison d'édition :

Nombre de pages :

Genre :

Mots clés :

Dates de lecture :

Avis :

Les tropes :

Personnage préféré :

Spicy level :

Titre : ....

....

Auteur·ice : ....

....

Maison d'édition : ....

....

Nombre de pages : ....

Genre : ....

Mots clés : ....

....

Dates de lecture : ....

Avis : ....

....

....

....

....

....

....

....

Les tropes : ....

....

....

Personnage préféré : ....

....

Spicy level :

Titre :

Auteur·ice :

Maison d'édition :

Nombre de pages :

Genre :

Mots clés :

Dates de lecture :

Avis :

Les tropes :

Personnage préféré :

Spicy level :

Titre :

Auteur·ice :

Maison d'édition :

Nombre de pages :

Genre :

Mots clés :

Dates de lecture :

Avis :

Les tropes :

Personnage préféré :

Spicy level :

Titre :

Auteur·ice :

Maison d'édition :

Nombre de pages :

Genre :

Mots clés :

Dates de lecture :

Avis :

Les tropes :

Personnage préféré :

Spicy level :

Titre :

Auteur·ice :

Maison d'édition :

Nombre de pages :

Genre :

Mots clés :

Dates de lecture :

Avis :

Les tropes :

Personnage préféré :

Spicy level :

Titre : ....

....

Auteur·ice : ....

....

Maison d'édition : ....

....

Nombre de pages : ....

Genre : ....

Mots clés : ....

....

Dates de lecture : ....

Avis : ....

....

....

....

....

....

....

....

Les tropes : ....

....

....

Personnage préféré : ....

....

Spicy level :

Titre :

Auteur·ice :

Maison d'édition :

Nombre de pages :

Genre :

Mots clés :

Dates de lecture :

Avis :

Les tropes :

Personnage préféré :

Spicy level :

Titre :

Auteur·ice :

Maison d'édition :

Nombre de pages :

Genre :

Mots clés :

Dates de lecture :

Avis :

Les tropes :

Personnage préféré :

Spicy level :

Titre :

Auteur·ice :

Maison d'édition :

Nombre de pages :

Genre :

Mots clés :

Dates de lecture :

Avis :

Les tropes :

Personnage préféré :

Spicy level :

Titre :

Auteur·ice :

Maison d'édition :

Nombre de pages :

Genre :

Mots clés :

Dates de lecture :

Avis :

Les tropes :

Personnage préféré :

Spicy level :

Titre :

Auteur·ice :

Maison d'édition :

Nombre de pages :

Genre :

Mots clés :

Dates de lecture :

Avis :

Les tropes :

Personnage préféré :

Spicy level :

Titre :

Auteur·ice :

Maison d'édition :

Nombre de pages :

Genre :

Mots clés :

Dates de lecture :

Avis :

Les tropes :

Personnage préféré :

Spicy level :

Titre :

Auteur·ice :

Maison d'édition :

Nombre de pages :

Genre :

Mots clés :

Dates de lecture :

Avis :

Les tropes :

Personnage préféré :

Spicy level :

Titre :

Auteur·ice :

Maison d'édition :

Nombre de pages :

Genre :

Mots clés :

Dates de lecture :

Avis :

Les tropes :

Personnage préféré :

Spicy level :

Titre :

Auteur·ice :

Maison d'édition :

Nombre de pages :

Genre :

Mots clés :

Dates de lecture :

Avis :

Les tropes :

Personnage préféré :

Spicy level :

Titre :

Auteur·ice :

Maison d'édition :

Nombre de pages :

Genre :

Mots clés :

Dates de lecture :

Avis :

Les tropes :

Personnage préféré :

Spicy level :

Titre :

Auteur·ice :

Maison d'édition :

Nombre de pages :

Genre :

Mots clés :

Dates de lecture :

Avis :

Les tropes :

Personnage préféré :

Spicy level :

Titre :

Auteur·ice :

Maison d'édition :

Nombre de pages :

Genre :

Mots clés :

Dates de lecture :

Avis :

Les tropes :

Personnage préféré :

Spicy level :

Titre : ....

Auteur·ice : ....

Maison d'édition : ....

Nombre de pages : ....

Genre : ....

Mots clés : ....

Dates de lecture : ....

Avis : ....

Les tropes : ....

Personnage préféré : ....

Spicy level :

Titre :

Auteur·ice :

Maison d'édition :

Nombre de pages :

Genre :

Mots clés :

Dates de lecture :

Avis :

Les tropes :

Personnage préféré :

Spicy level :

Titre :

Auteur·ice :

Maison d'édition :

Nombre de pages :

Genre :

Mots clés :

Dates de lecture :

Avis :

Les tropes :

Personnage préféré :

Spicy level :

Titre : ....

....

Auteur·ice : ....

....

Maison d'édition : ....

....

Nombre de pages : ....

Genre : ....

Mots clés : ....

....

Dates de lecture : ....

Avis : ....

....

....

....

....

....

....

....

Les tropes : ....

....

....

Personnage préféré : ....

....

Spicy level :

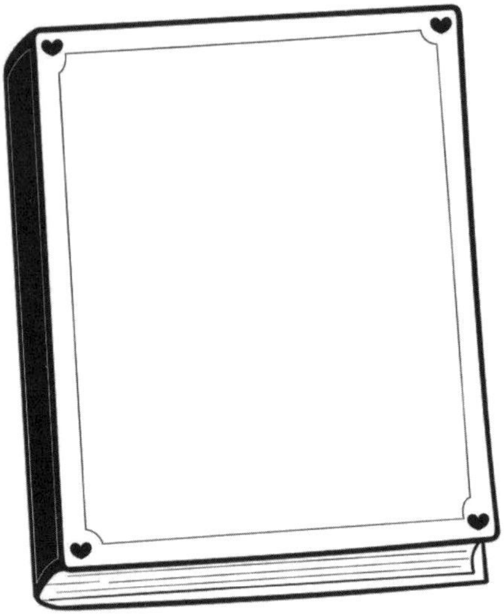

Titre :

Auteur·ice :

Maison d'édition :

Nombre de pages :

Genre :

Mots clés :

Dates de lecture :

Avis :

Les tropes :

Personnage préféré :

Spicy level :

Titre :

Auteur·ice :

Maison d'édition :

Nombre de pages :

Genre :

Mots clés :

Dates de lecture :

Avis :

Les tropes :

Personnage préféré :

Spicy level :

Titre :

Auteur·ice :

Maison d'édition :

Nombre de pages :

Genre :

Mots clés :

Dates de lecture :

Avis :

Les tropes :

Personnage préféré :

Spicy level :

Titre :

Auteur·ice :

Maison d'édition :

Nombre de pages :

Genre :

Mots clés :

Dates de lecture :

Avis :

Les tropes :

Personnage préféré :

Spicy level :

Titre :

Auteur·ice :

Maison d'édition :

Nombre de pages :

Genre :

Mots clés :

Dates de lecture :

Avis :

Les tropes :

Personnage préféré :

Spicy level : 

Titre : ……………………………………………

……………………………………………………

Auteur·ice : ……………………………………

……………………………………………………

Maison d'édition : ………………………………

……………………………………………………

Nombre de pages : ………………………………

Genre : ……………………………………………

Mots clés : ………………………………………

……………………………………………………

Dates de lecture : ……………………………………………………………………

Avis : ………………………………………………………………………………

……………………………………………………………………………………………

……………………………………………………………………………………………

……………………………………………………………………………………………

……………………………………………………………………………………………

……………………………………………………………………………………………

……………………………………………………………………………………………

……………………………………………………………………………………………

Les tropes : ………………………………………………………………………

……………………………………………………………………………………………

……………………………………………………………………………………………

Personnage préféré : ………………………………………………………………

……………………………………………………………………………………………

Spicy level :

Titre :

Auteur·ice :

Maison d'édition :

Nombre de pages :

Genre :

Mots clés :

Dates de lecture :

Avis :

Les tropes :

Personnage préféré :

Spicy level :

Titre :

Auteur·ice :

Maison d'édition :

Nombre de pages :

Genre :

Mots clés :

Dates de lecture :

Avis :

Les tropes :

Personnage préféré :

Spicy level :

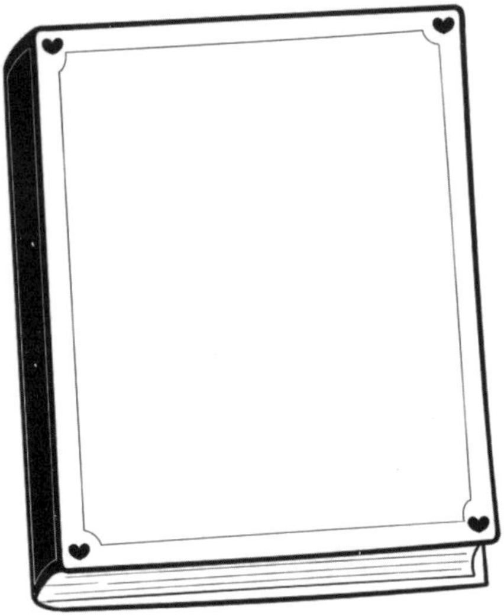

Titre :

Auteur·ice :

Maison d'édition :

Nombre de pages :

Genre :

Mots clés :

Dates de lecture :

Avis :

Les tropes :

Personnage préféré :

Spicy level :

Titre :

Auteur·ice :

Maison d'édition :

Nombre de pages :

Genre :

Mots clés :

Dates de lecture :

Avis :

Les tropes :

Personnage préféré :

Spicy level :

Titre :

Auteur·ice :

Maison d'édition :

Nombre de pages :

Genre :

Mots clés :

Dates de lecture :

Avis :

Les tropes :

Personnage préféré :

Spicy level :

Titre :

Auteur·ice :

Maison d'édition :

Nombre de pages :

Genre :

Mots clés :

Dates de lecture :

Avis :

Les tropes :

Personnage préféré :

Spicy level :

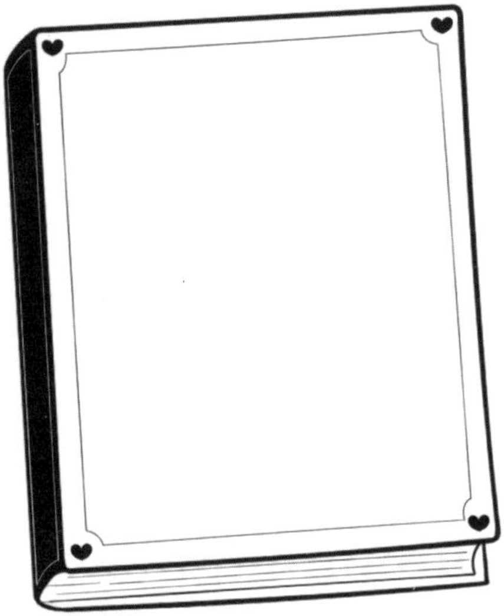

Titre :

Auteur·ice :

Maison d'édition :

Nombre de pages :

Genre :

Mots clés :

Dates de lecture :

Avis :

Les tropes :

Personnage préféré :

Spicy level :

Titre :

Auteur·ice :

Maison d'édition :

Nombre de pages :

Genre :

Mots clés :

Dates de lecture :

Avis :

Les tropes :

Personnage préféré :

Spicy level :

Titre :

Auteur·ice :

Maison d'édition :

Nombre de pages :

Genre :

Mots clés :

Dates de lecture :

Avis :

Les tropes :

Personnage préféré :

Spicy level : 

Titre : ....

....

Auteur·ice : ....

....

Maison d'édition : ....

....

Nombre de pages : ....

Genre : ....

Mots clés : ....

....

Dates de lecture : ....

Avis : ....

....

....

....

....

....

....

....

Les tropes : ....

....

....

Personnage préféré : ....

....

Spicy level :

Titre :

Auteur·ice :

Maison d'édition :

Nombre de pages :

Genre :

Mots clés :

Dates de lecture :

Avis :

Les tropes :

Personnage préféré :

Spicy level :

Titre :

Auteur·ice :

Maison d'édition :

Nombre de pages :

Genre :

Mots clés :

Dates de lecture :

Avis :

Les tropes :

Personnage préféré :

Spicy level :

Citations
ET NOTES

ENEMIES To Lovers
Childhood Best friends
Forbiden love

ONE BED
TROPE

Girls dinner

Love Story

TABLE DES *matières*

58, rue Jean-Bleuzen
92178 Vanves Cedex
CONTACT@marabout.com

Illustrations : Lyly Bay
Mise en page : Sonia Blanchard

Achevé d'imprimer en juillet 2025 en Espagne
sur les presses de Unigraf.
ISBN : 978-2-501-19677-2/01
3356764
Dépôt légal : Août 2025

PAPIER À BASE DE
FIBRES CERTIFIÉES

MARABOUT
s'engage pour l'environnement
en réduisant l'empreinte carbone
de ses livres.
Celle de cet exemplaire est de :
600 g éq. CO_2
Rendez-vous sur
www.marabout-durable.fr